Crónicas del Vampiro Valentín

Título original: *O gato-vampiro e outros misterios*

Primera edición: marzo 2011

Texto: Álvaro Magalhães
Ilustraciones: Carlos J. Campos
Edición original: Ediçoes ASA II, S.A., Portugal, 2010

© de la traducción: Juanjo Berdullas
© de esta edición: Libros del Atril S.L.,
Av. Marquès de l'Argentera, 17, Pral.
08003 Barcelona
www.piruetaeditorial.com

Impreso por Brosmac S. L.
ISBN: 978-84-92691-94-4
Depósito legal: M. 3.496-2011

Álvaro Magalhães

Crónicas del Vampiro Valentín

Libro 4

El gato-vampiro y otros misterios

Ilustraciones de Carlos J. Campos

pirueta

El abuelo

El padre

La madre

Valentín

Dientecilla

Milhombres

Madroño

SINF
SINF

CAPÍTULO I

LOS LADRONES
NO HACEN RUIDO

En la nueva y cómoda casa de los Perestrelo,
la larga cena de Nochebuena llegaba a su fin.

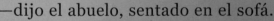—¡Esto ha sido un *Milagro de Navidad*!
—dijo el abuelo, sentado en el sofá.

Sí, era un milagro. Aquella noche,
habían recibido aquella casa y además
una nueva identidad para poder hacer vida
normal y no tener que esconderse.

—Gracias —dijo la madre, mirando al alma del señor Piñero, aquella lucecita tan blanca, de un blanco puro, que los había guiado hasta allí.

Los demás también estaban agradecidos, pero, en aquel momento, estaban también demasiado ocupados imaginándose su regreso a la normalidad (en el turno de noche, claro está).

—Esto sí que es una vida ole ole —dijo al fin
el abuelo—. ¿El señor Piñero no tendrá por
ahí unos puritos de los buenos?
¡Ah, me apetece tanto un puro!

La lucecita tan blanca,
de un blanco puro,
dio dos vueltas en
el aire y se quedó
titilando sobre
un armario.
El abuelo abrió
la puerta y encontró
una caja de los mejores puros.

—Piñero es un tipo excelente
—dijo él muy satisfecho.

PIÑERO ES UN TIPO
EXCELENTE, Y SIEMPRE
LO SERÁ, Y SIEMPRE
LO SERÁ. GRACIAS, PIÑERO,
POR ESTA VIDA OLE OLE.

El abuelo estaba animado.
Hablaba, cantaba, bailaba,
reía. ¡Oh, abuelo, qué alegría!
Los demás también estaban
contentos, pero cuanto más recibían, más se
preguntaban quién les estaba ofreciendo todo
aquello. Miraban al alma, buscando alguna
explicación, pero las almas, ya se sabe,
tienen sus limitaciones.

MAÑANA VOY A AVERIGUAR QUIÉN FUE EL SEÑOR PIÑERO.

¿POR QUÉ NOS HA AYUDADO? ESO ES LO QUE ME GUSTARÍA SABER.

Era un misterio, esa era la verdad. Pero ojalá
todos fueran así. Era un misterio bueno.

—Ya está bien. Os hacéis demasiadas preguntas. ¿Le pregunta el pájaro al árbol por qué da frutos? No. Simplemente se los come. El viajero sediento, ¿le pregunta acaso al río si puede beber agua? No, bebe. Y vosotros, ¿le preguntáis al aire si podéis respirar? No, ¿verdad? Entonces, ¿qué os ha dado que no dejáis de hacer preguntas? Ya sé que es algo extraño: almas generosas que nos ofrecen casas, chorizos, nombres nuevos... Pero ¿no se trata de cosas buenas? A ver, cuando os pasa algo malo, os quejáis. Y tenéis motivos. Es natural. En cambio, cuando os pasan cosas buenas, no tenéis derecho a quejaros.

—No me estoy quejando —dijo la madre—.
Al contrario. Pero me cuesta no poder dar las gracias
a alguien, me cuesta no saber...

—Vale, vale —concluyó el abuelo—,
pero cuando la vida es buena, una vida
ole ole, la gente no se queja, ¿verdad?

Celeste llegó desde la cocina.

—¿No hay un fotografía
del señor Piñero? —preguntó
la madre—. Me gustaría,
por así decirlo, conocerlo.

—Ni una —respondió
Celeste.

Celeste hablaba poco,
aunque ellos sospechaban
que conocía todos
los secretos de aquella casa.

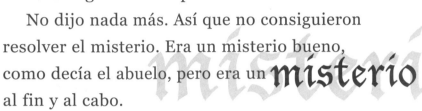

—¿Y cómo era el señor Piñero? —insistió el padre.

—Era un hombre como cualquier otro, pero no le gustaba salir en las fotografías —respondió.

No dijo nada más. Así que no consiguieron resolver el misterio. Era un misterio bueno, como decía el abuelo, pero era un **misterio** al fin y al cabo.

Celeste se fue a dormir. La lucecita tan blanca, de un blanco puro, también dio dos vueltas en el aire y desapareció sin hacer ruido. Se marchó sin salir siquiera. Ellos se pasaron toda la noche disfrutando de la comodidad de la casa y hablando de su nueva vida. Solo cuando llegó el día, se retiraron a sus cuartos, bien

calentitos. Pero estaban demasiado excitados para dormirse. Y, entonces, Dientecilla, que también tenía miedo, al oír pasos en el salón, corrió al cuarto de su hermano.

—Tengo miedo —dijo ella—.
He oído pasos abajo. Podrían
ser ladrones.
O el cazador que nos persigue.

—A ver, Dientecilla, los ladrones
no hacen ruido —dijo Valentín—. ¿Te acuerdas
cuando asaltaron la casa de Vivalma?
No oímos nada.

—¿Y los cazadores
de vampiros? —preguntó ella.

—Tampoco hacen ruido —le aseguró él—.
Entonces no son cazadores... Y ahora vete a tu cuarto.

—¿Estás seguro? —murmuró Dientecilla.

Y se marchó, aunque seguía desconfiando.
Volvió cuando ni siquiera había pasado media hora.
El hermano ya se había dormido y ella
lo zarandeó hasta despertarlo.

—¿Qué pasa ahora?
—preguntó él.

—¿No lo oyes?

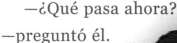

Él prestó atención, pero no oyó nada.

—¿Qué tengo que oír? —preguntó.

el SILENCIO...

—Bueno, el silencio sí que lo oigo. O no lo oigo. No sé. ¿Qué pasa?

—Entonces son ladrones o cazadores de vampiros —concluyó Dientecilla—. Ellos no hacen ruido.

Valentín salió de la cama. Fueron los dos al salón, de puntillas. Y no había ladrones ni cazadores de vampiros, solo un gato negro, muy negro, que comía, junto a las cenizas de la chimenea, algunas sobras de la cena que había traído de la cocina.

—Un gato —murmuró Dientecilla—. Fantástico. Era lo único que faltaba. Hace tiempo que no juego con un...

Sin vacilar, Dientecilla fue hacia
el gato, pero este se escapó por
las escaleras hacia el sótano. Lo siguieron,
bajando las escaleras, y lo vieron por última vez
en un rincón oscuro. Después, recorrieron
el sótano de punta a punta, entre cajas vacías
de electrodomésticos, muebles y trastos viejos;
pero el gato negro había desaparecido. Tal como
había ocurrido con el alma del señor Piñero, se había
marchado sin haber salido siquiera.

—Parece que hubiera atravesado la pared
—dijo Valentín.

—Quizá era un gato
fantasma —dijo
Dientecilla.

Subieron
las escaleras
a oscuras
y, ya arriba,
chocaron
con alguien.

Dientecilla gimió de miedo y saltó a un lado.
Valentín también se asustó, pero no había por qué
asustarse. Era Celeste. Nada más: una persona,
además, una persona simpática.

—Ah. Sois vosotros... —dijo ella aliviada—.
He oído pasos en el sótano y sabía que no eran
ladrones, porque ellos no hacen ruido.

—Nosotros también hemos oído pasos y hemos
bajado a ver. Era un gato negro. Estaba aquí.
Ha huido hacia el sótano y se ha esfumado.

—Es **OBAMA** —aclaró Celeste—.
Apareció por primera vez el día que eligieron
al presidente norteamericano. Por eso...

—¿No es de la casa? —dijo Dientecilla, asustada.

—No, debe de haber encontrado la manera
de **entrar** y **salir** —respondió Celeste.

—Pero llevaba collar y placa.
Es un gato bien cuidado, con dueño...
—insistió Dientecilla.

—No digo que no. Lo único
es que no conozco al dueño
—respondió Celeste—.
Obama va y viene.
Así son los gatos.
Algunos de ellos,
al menos.

—Entonces,
¿dónde vive?
—quiso saber
Dientecilla,
que no se conformaba.

17

Celeste suspiró para armarse de paciencia.
Después dijo:

—Ay, hija mía,
los gatos viven
en el mundo de los gatos.
Solo vienen a nuestro
mundo de vez en
cuando, a por comida.
Y ahora, hasta mañana.
Id a dormir.

Valentín y Dientecilla
subieron las escaleras.

—¡Qué pena!
—se lamentó ella—.
Me gustaría tanto
tener un gato.
—Olvídalo, hija mía
—dijo Celeste—. Los gatos
no son de nadie.
Son muy suyos.

CAPÍTULO II
CÓMO SE HACE UN CHORIZO-CEBO

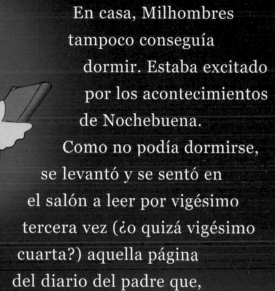

En casa, Milhombres tampoco conseguía dormir. Estaba excitado por los acontecimientos de Nochebuena.

Como no podía dormirse, se levantó y se sentó en el salón a leer por vigésimo tercera vez (¿o quizá vigésimo cuarta?) aquella página del diario del padre que, sin saber cómo, había aparecido escrita la noche anterior:

Esa estaca es para clavarla en el corazón de Perestrelo, el vampiro al que perseguí toda mi vida sin resultado.

Milhombres dejó el diario y pensó que aquello era una **HONRA**, una **RESPONSABILIDAD**, y también un **SUFRIMIENTO**.

¿Y si no lo conseguía? Su padre no se lo perdonaría. Solo Dios sabe qué le haría. Por fin, sintió sueño y se retiró al cuarto a dormir. Entonces, alguien abrió la puerta de la casa con una llave maestra, entró, fue derecho al diario y escribió algo. (Sí, es el Hombre Misterioso, que insiste en entrar en la historia, ¡qué le vamos a hacer!)

Por la mañana, nada más despertarse, Milhombres fue derecho al diario y vio que había una nueva hoja escrita. La leyó allí mismo, ansioso. El corazón le latía, latía, latía.

Tu primera misión es cazar al gato negro con el collar dorado que aparece cuando cae la noche en la casa amarilla en medio de la avenida de los Combatientes. Es de él, del vampiro Perestrelo, y lo adora. Ese gato, que también es un gato-vampiro, es el cebo que atraerá al dueño. A su vez, el cebo para atrapar al gato es un chorizo de sangre sin ajo recién hecho.

Milhombres se dejó caer en el sofá, desanimado.

—¿UN *GATO?* —preguntó horrorizado, mirando el retrato del padre—. Yo, todo un cazador de vampiros, ¿tengo que cazar un gato? Hasta soy alérgico, me salen erupciones en la piel, y me dan escalofríos... Y si soy alérgico a los gatos, con más razón a los gatos-vampiro, que ni siquiera sabía de su existencia.

¡Achís! ¡Achís! ¡Achís! ¡Achís! ¡Achís! ¡Achís! ¡Achís! ¡Achís! ¡Achís! ¡Achís!

Me basta con oír la palabra «gato» para empezar a estornudar.

Milhombres siguió estornudando y, a medida que estornudaba, se fue calmando y, después de unos momentos, miró el retrato, avergonzado, y dijo:

—Disculpa, papá. Ya sé que el gato, **¡Achís!**, es el cebo. Aun así, no sé qué pensar.

El Señor Milhombres seguía callado en el retrato. El hijo se cansó de hablar y se tumbó a todo lo largo del sofá, con el diario en la mano, lamentando su mala suerte. Como iba mal dormido, se durmió y soñó que un montón de gatos negros invadían su casa. No paraban de entrar por la ventana abierta. Había decenas, centenas, llenaban la casa y lo asfixiaban. Él quería respirar y no podía: no hacía más que estornudar. Tenía solo dos alternativas: o se despertaba, en sueños, claro, o se moría, también en sueños. Por suerte, se despertó al momento, cuando llamaron a la puerta. Milhombres, sudando, agradeció la visita salvadora. Se levantó estornudando y fue a abrir la puerta.

Era Madroño.

—Aquí estoy, profesor —dijo él—, pero es el día de Navidad y mi mujer...

—DEJE YA A SU MUJER

—gritó Milhombres—. Tenemos mucho trabajo. Fueron a la cocina y Milhombres se puso un delantal y dio otro a su ayudante. Dijo:

> VAMOS A HACER UN CHORIZO, MEJOR DICHO, UN CHORIZO-CEBO. O SEA, VAMOS A HACER UN CHORIZO DE SANGRE SIN AJO.

Un Gran Interrogante se encendió en la cabeza de Madroño, así que Milhombres se explicó mejor:

—El chorizo es el cebo. Es un chorizo-cebo. Con el chorizo atraparemos a un gato, y con el gato a un vampiro. ¿Entendido?

—¿No había cinco vampiros? ¿Una familia?
—preguntó Madroño, cada vez más confuso.

—Este es otro —explicó Milhombres—. Un vampiro
más viejo. El padre del viejo al que usted dejó huir.
Es una honra aún mayor. El problema es que
tenemos que comenzar por el gato.

No paraban de encenderse Grandes Interrogantes
en la cabeza de Madroño:
«¿El padre del viejo?»,
«¿Un cebo que
era un gato?».

—¿No será
un pez? Los peces
se cazan con cebo
—preguntó.

¡YA VALE!
¡ES UN *GATO*!
¡Y, ACHÍS, LOS GATOS
TAMBIÉN SIRVEN DE CEBO!
DEJÉMOSLO YA.

Madroño se puso el delantal, pensando en todo aquello. Aún tenía la cabeza llena de interrogantes, pero, a medida que hacía chorizos, entre mil aromas distintos, todos desaparecieron como por arte de magia y comenzó a cantar:

¿CÓMO HACER UN BUEN CHORIZO
QUE TAMBIÉN ES UN CEBO,
QUE ES UN CHORIZO-CEBO?
TOMAD BUENA NOTA:
SANGRE LÍQUIDA DE CERDO,
¡BRRR! QUÉ PORQUERÍA.
TROZOS DE CARNE DE CERDO,
ESO ES YA UNA MEJORÍA.
DESPUÉS ES SOLO ADOBAR:
SAL, COMINO Y PIMIENTA,
LAUREL Y PIMENTÓN,
SIN OLVIDAR LA CEBOLLA
QUE ME HACE LLORAR.
AY, QUÉ BUENO, QUÉ BUENO,
QUE NOS VA A QUEDAR.

—¿Qué tal? —preguntó Milhombres.

Madroño probó la masa y respondió con los ojos cerrados:

—¡Ummmm! ¡Sensacional! ¡Sin igual!

Rellenaron la tripa seca de buey con la masa aromática y pusieron los chorizos en el horno. Esperaron a que se hicieran hablando en el salón.

—Gatos-vampiro, esa es buena —dijo Madroño—. ¿Eso quiere decir que también hay leones-vampiro, cocodrilos-vampiro, hormigas-vampiro, sardinas-vampiro, cerdos-vampiro...?

Milhombres dijo que sí moviendo la cabeza y añadió:

—Esta noche he tenido que batirme con un mosquito-vampiro. No me dejaba en paz.

—Sí, mosquitos-vampiro, murciélagos-vampiro, esos ya los conocía —concordó el ayudante—. Pero hipopótamos-vampiro, por ejemplo. ¿Quién lo diría?

Los dos se imaginaron un hipopótamo-vampiro con dos colmillos largos y afilados.

Así vistos, los hipopótamos-vampiros eran muy graciosos.

Una hora después, llegó al salón el olor sin igual de los chorizos asados sin ajo, ya listos. Entonces, los dos hombres corrieron hacia la cocina y llegaron a la puerta al mismo tiempo. Se quedaron encajados.

No pasaba ninguno de los dos.

Hasta que Madroño, que era más ágil, se escurrió y llegó al fogón, abrió el horno y cantó entre vaharadas aromáticas de calor:

CHORIZOS DE SANGRE SIN AJO,
LA COCINA HECHA UNOS ZORROS,
Y MUCHO, MUCHO TRABAJO,
PERO CREEDME CUANDO OS DIGO
QUE UNA VEZ LOS TIENES LISTOS
SON UN MANJAR DE CARNIVORROS.

—Hombre, usted hasta cantando comete errores ortográficos —observó Milhombres.

—¿Yo? —se sorprendió Madroño.

—Sí, se dice «CARNÍVOROS», con tilde y una erre.

—Ya lo sé, pero era para que rimara con zorros —se defendió Madroño—. ¿No es una canción? Tiene que rimar. Y si rima tan bien como huele... ¡Ummm!

Milhombres le dio un capón a Madroño, que
estaba mordiendo un chorizo.

—Hombre, no se coma el cebo.

—Es que huelen tan bien
—dijo el ayudante contrariado—.
Esto no es un cebo, es una delicia.

—Es comida de vampiro. ¿No lo ve?
Se podría transformar
en uno si se los come
—le recordó Milhombres.

Madroño se asustó al oírlo.

—Pero huele que alimenta —dijo reculando.

Bueno, lo cierto es que los chorizos, que también
eran un cebo, y por tanto chorizos-cebo,
ya estaban listos y podían avanzar.
Madroño estaba guardándolos
en una caja redonda de plástico
cuando Milhombres estornudó.

¡Achís!

—¡AQUÍ HAY UN *GATO*! —dijo.

Y lo había, sí señor. Había un gato, aunque en realidad era una gata. Cuando repararon en la linda Pandora, la gata persa de Gloria, la vecina, ya corría con un chorizo en la boca. Saltó por la ventana, por donde había entrado, y no la volvieron a ver.

—¿Será también una gata-vampira? —murmuró Milhombres.

—Ya decía yo que los chorizos-cebo estaban buenos —comentó Madroño—. Ahora solo nos quedan tres... Bueno, voy a preparar las estacas...

—¿Para qué? Hoy se trata de otro tipo de caza —explicó Milhombres—. Lo que necesitamos es

↘ *una red*

↘ *un saco resistente*

↘ *una pomada antialérgica*

↘ *tiritas para los arañazos.*

CAPÍTULO III

ENTRE EL MAR Y EL CIELO

Valentín se despertó temprano, al principio
de la tarde. No conseguía estar en la cama.
Si todo iba bien, aquel día volvería
a ver a Diana. Entre escoger la
ropa e imaginar qué le podría *decir,*
se pasó el tiempo y llegó la hora.

Dientecilla lo pilló disimulándose las ojeras
con la crema facial de la madre.

—¡Qué vergüenza! —dijo ella—. No te basta
con cambiar de nombre, también quieres cambiar
tú mismo... Ya veo que no vas a decirle que eres
un vampiro, aunque no seas un vampiro corriente...

—Voy a decirle que soy Valentín Menceses,
un muchacho como los demás. Después ya se verá.

—No olvides lo que dijo mamá —le recordó
Dientecilla—. **El amor hace daño**, no es para nosotros...

—Yo voy a vivir, Dientecilla, y cuando se vive
pasa lo que tiene que pasar. ¡Hasta luego!

Valentín aligeró el paso, pero
Dientecilla lo siguió hasta la puerta.

—¿Y que harás cuando ella quiera
ir a la playa, por ejemplo? —preguntó.

Él abrió la puerta para salir.

—Por mí se lo diría, pero tengo
miedo de que salga por pies,
como pasó con la otra.

—Más vale que salga por pies ahora
que luego, cuando lo descubra —dijo Dientecilla.

El hermano ya estaba en camino. Se fue
derecho a la Academia de Yoga que Diana
frecuentaba y se inscribió.

Dio su nuevo nombre, Valentín Meneses, presentó
su CARNÉ DE IDENTIDAD y tuvo la sensación
extraña de estar inscribiéndose en otra vida, con
todo lo que conlleva una vida: dolor y placer, tristeza
y alegría, odio y amor.

Después, se sentó a esperar a Diana, mirando a todos lados. No paraba de llegar gente, pero ella no llegaba. ¿Y si no volvía? ¿Y si no aparecía nunca más? Solo de pensarlo, se sentía desfallecer.

Hasta que apareció, como una visión.

¡Ay, Valentín, haz que tu corazón se calme!

¡Diana!

Ella estaba saliendo, no entrando, como él esperaba. Oyó aquella voz y se paró en la puerta, sonriendo, como si esperara oírla.

35

Él se acercó corriendo.

—¿Te acuerdas de mí?

—El chico de
los bombones, Valentín...
—dijo ella, en voz baja.

—Sí, sí. He estado contando los días
de esta semana para volver a verte.
Incluso me he inscrito en la academia, a yoga.

—Muy bien —dijo ella—. ¿Sabes que los
verdaderos yoguis consiguen detener el tiempo?

—Yo también —dijo él muy deprisa.

—¿Tú también? —preguntó ella.

Él se atragantó, tosió dos veces
y se corrigió:

—Cuando estoy frente a ti,
como ahora. ¿No lo has notado?
El tiempo se ha detenido.

Salieron a la calle. El sol se acababa de poner y el cielo parecía un cuadro pintado por un buen pintor.

—El cielo —dijo ella aspirando el olor del aire.

—¿Ibas a alguna parte?

—Sí, claro. Iba a ver el mar. El cielo y el mar, ¿se puede pedir más?

Él se asustó, pero qué podía hacer. El mar, el cielo... Daba igual. Cogieron el autobús hacia Foz, donde estaba el mar (el cielo acostumbra a estar también). Dentro del autobús había un cartel de la conferencia de Milhombres, que aún no habían arrancado.

¡Los vampiros existen!

Conferencia de Adolfo Milhombres

Día 29

—Los vampiros existen. ¡Esa es buena! —dijo Diana—. Yo nunca he visto uno.

Valentín se ruborizó.

—¿Por qué te has ruborizado? ¿Acaso eres un vampiro? —preguntó ella.

—**No de los corrientes** —dijo él, cada vez más ruborizado. Sin querer le había dicho la verdad.

—¿Y también crees en fantasmas, espíritus...? —quiso saber ella.

—Almas. Creo en las almas. Tengo una en casa —respondió él.

Ella pensó que era una broma y se rio a carcajadas. La luz de su risa iluminó toda la noche.

En Foz, recorrieron la avenida de Brasil,
frente al mar, el gran mar que es muchos
y solo uno. El mar. El cielo. Diana no quería
ver nada más. Conocía los nombres de las estrellas
(Vega, Achernar, Sirio, Canopo, Aldebarán),
como si fueran compañeras de clase.

—¿Sabes que algunas de estas estrellas
ya están muertas? —dijo ella mirando hacia
arriba—. Y nosotros aún vemos su luz...
Para nosotros aún viven. Tiene gracia, ¿no?

Valentín se encogió de hombros. Para él,
el mar y el cielo eran cosas y estaban allí,
no eran algo digno de admiración.

—Me encanta este cielo —dijo ella, y le habló de otros cielos que conocía: el del desierto, el del golfo de Cuba, el del otoño.

Se veía que había viajado bajo muchos cielos diferentes. Y eso no era todo, también había observado las cosas de la tierra y apreciaba la belleza del mundo, como si lo viera por primera vez.

—¿No has paseado por aquí últimamente? —preguntó Valentín.

Ella sonrió. Solo sonrió, sin decir nada. El tiempo pasó, aunque ninguno de ellos reparara en él. Quizá se había detenido para ambos, cualquiera sabe.

Durante la conversación, Valentín, que ahora empleaba el apellido Meneses, se inventó la vida que no tenía para parecer normal. Pero, a medida que pasaba el tiempo, más se convencía de que debía decirle la verdad. O de que, como decía su hermana, cuanto más tardara, peor sería.

Tomaron un chocolate caliente en la terraza del café de la playa de Ourigo.

—¿A qué escuela vas? —le preguntó él.

Ella sonrió y dijo:

—No lo querrías saber.

Se notaba que no le gustaba hablar de esas cosas, solo del mar y del cielo, de la belleza del mundo.

41

«Guardaba secretos»,
concluyó Valentín.

Él también.
Lo pensó y llegó a la
conclusión de que había llegado

➤ la HORA DE LA VERDAD ◀

—Yo no soy un chico como los demás —dijo,
y se sorprendió de haber sido capaz de hacerlo.

—Ya me he dado cuenta... —comentó ella.

—¿Ya?

—Ya. Eres un chico sensible, delicado...

Él la interrumpió:

—Quizá también lo soy, pero no soy un chico
como los demás...

—Ni yo soy una muchacha como las demás
—dijo ella—. Por eso...

Valentín cerró los ojos
para armarse de valor
y se esforzó para arrancar
las palabras del lugar
donde estaban clavadas,
sin poder salir. Por fin, abrió los ojos y dijo:

SOY UN VAMPIRO,
NO DE LOS NORMALES, SINO
UNO POCO CORRIENTE...

Se calló a mitad de la frase,
porque Diana ya no estaba allí
para oírlo. ¿Habría salido por pies,
como había pasado con Beatriz, incluso antes
de decirle quién era? Miró a su alrededor,
con más atención, y vio que estaba más adelante.
Una mujer la empujaba para que entrara en un
coche. La mujer entró con ella en la parte trasera
y el hombre que conducía puso
el coche en marcha.

Valentín corrió hacia ella, pero no llegó a tiempo. El coche aceleró y desapareció a gran velocidad.

Se quedó allí, paralizado, como si estuviera clavado en el suelo. El mar, detrás de él, y el cielo, sobre él, fueron testigos de su sufrimiento.

CAPÍTULO IV
OPERACIÓN CHORIZO SIN AJO

A esa hora, Milhombres y Madroño, disfrazados de trabajadores de la limpieza del Ayuntamiento, se acercaban a casa de los Perestrelo. La operación Chorizo sin ajo estaba en marcha. Delante de la casa, barrieron las hojas de la calle durante un rato. Hasta que Milhombres dio sus órdenes:

—Súbase al árbol y vigile la casa.

—¿Yo? Podría caerme... —se quejó Madroño.

—¿Y qué? Si se cae, no pasará del suelo.

Ante los empujones, Madroño trepó al árbol con unas tijeras de podar en una mano, la caja con los cuatro chorizos en otra y una red al hombro.

—Creo que tengo vértigo —dijo, sosteniéndose en medio de la rama más baja.

—Calle y abra los ojos —ordenó Milhombres—. ¿Ve algún gato?

Madroño hizo un esfuerzo para incorporarse sin que se le cayera nada.

—No lo sé —dijo al fin.

—Pero tiene que aparecer. Y entonces, lanza usted el cebo...

—¿Y qué hará usted, profesor? —quiso saber Madroño.

—¿Yo? Estoy al mando de la operación. ¿Qué más quiere que haga? Y después meteré **EL GATO**

DENTRO DEL SACO, que es lo más difícil —explicó Milhombres a gritos.

Se quedaron allí.
Uno barría hojas
y el otro podaba el árbol.
Era una noche helada
y amenazaba lluvia.
Madroño no paraba
de quejarse del frío
y del vértigo.
Hasta que, entre
dos quejas,
lanzó un grito:

–¡EL GATO!

Milhombres se agitó:
—¿ES NEGRO?
—NO PUEDE SER MÁS NEGRO.
Y LLEVA UN COLLAR DORADO.
—ES NUESTRO GATO —aseguró Milhombres.
—LANCE EL CEBO Y PREPARE LA RED.

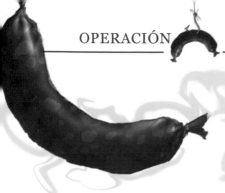

Madroño lanzó
un chorizo sin ajo
al suelo. Dio resultado.

Pronto llegó el gato
al alféizar de la venta
y olisqueó el aire.
No acostumbraba
a haber chorizos
sin ajo por allí.
Pero había uno en el paseo;
Obama (sí, era él) avanzó.

¡SNIF!
¡SNIF!

Milhombres se alejó para no
estorbar y Madroño preparó
la red. De repente, el gato
se detuvo. Un perro
bajaba la calle corriendo,
¡Y QUÉ PERRO!
así que volvió a refugiarse
en el alféizar de la ventana.

49

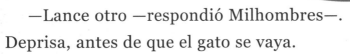

El perro comenzó a comerse el chorizo, y no nos consta que fuese un perro-vampiro.

—¿Y ahora? —preguntó Madroño.

—Lance otro —respondió Milhombres—. Deprisa, antes de que el gato se vaya.

El ayudante lanzó otro cebo, que atrajo a otros dos perros de los alrededores. El más rápido mordió el chorizo y huyó, mientras el otro corría tras él reclamando su parte.

¡GUAU! ¡GUAU! ¡GUAU! ¡GUAU!

—¿Y ahora? —preguntó Madroño—. Solo nos queda un chorizo.

—Átelo a un hilo —ordenó Milhombres—. Si viene un perro, tire de él. Si viene el gato, déjelo estar.

Era complicado, pero Madroño entendió la orden.

Ató una cuerda alrededor del último chorizo.

Vino un perro y tiró de él.

Vino otro y volvió a tirar
del chorizo, en el último
momento, sin incidentes.

Aquello era hasta divertido.

—¿Lo quieres? —dijo,
satisfecho con sus habilidades.

Y repitió la gracia varias
veces. El chorizo se
balanceaba en el aire y su aroma
se esparció, y ese fue el problema.

Llegaron más perros. Vinieron de todas partes.

Pronto, el árbol estaba rodeado de perros.

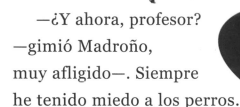

—¿Y ahora, profesor?
—gimió Madroño,
muy afligido—. Siempre
he tenido miedo a los perros.

—Tire el cebo al aire y que
le vean hacerlo —ordenó Milhombres.

Así lo hizo. Lanzó el último chorizo,
que también era un cebo y una delicia.
Los perros se lo disputaron, pero no dio
para mucho. Por eso, los más
hambrientos se volvieron
otra vez hacia
Madroño
y ladraron,
ladraron.

Él no dejaba de gritar:

NO TENGO MÁS, NO TENGO MÁS

Pero ellos entendían

AHÍ TENÉIS MÁS

y no se iban.

—Mire, yo me marcho —dijo Milhombres—.
Operación cancelada.

Abortar.

—¿Y yo? —preguntó
Madroño, afligido.

—Déjelo estar —respondió
Milhombres sonriendo.

—Cuando el fruto madura,
acaba por caer.

Obama regresó a su refugio en la casa
y fue a la cocina a buscar sobras de comida.
La escena del chorizo balanceándose
le había abierto el apetito.

Fue entonces cuando Dientecilla llegó
al salón y lo vio. Primero intentó atraerlo
con promesas de amor y caricias. No funcionó.
Obama reculó, desconfiado, y, cuando ella se acercó,
dio un salto y salió DISPARADO hacia el sótano.

Ella corrió tras él pero ¿qué puede hacer una niña
frente a la velocidad y destreza de un gato?
En el sótano, se ocultó en la oscuridad y desapareció.
Pero ¿por dónde? No había agujeros ni pasadizos.
Dientecilla recorrió todos los rincones y nada.
Gritaba:

Y nada. Hasta que oyó los pasos de alguien
que bajaba las escaleras. Asustada, se escondió
entre un montón de cajas y de trastos
llenos de polvo.

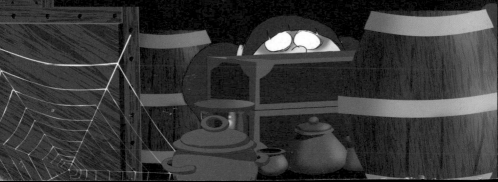

Los pasos se aproximaron y ella se encogió, angustiada, esperando que la descubrieran. Sin embargo, no ocurrió como esperaba. Se hizo un silencio y vio a Celeste. Traía un plato con comida en una mano y una llave con la que abrió la puerta de un almacén que luego volvió a cerrar.

Dientecilla se estiró más para verla mejor, pero tocó algo y las cosas que había a su alrededor se vinieron abajo con gran alboroto.

¡BAUM!
¡CRASH!
¡CLENG!
¡CLENG!

Salió disparada fuera de su escondrijo y levantó la vista, esperando que Celeste la descubriera, pero la mujer no apareció. Seguía encerrada en el almacén donde había entrado.

Fue entonces cuando Dientecilla reparó
en el retrato. Había caído con el resto
de trastos y ahora lo tenía delante:
un hombre de mediana edad que parecía
mirarla, quejándose de que ella hubiera
acabado con su sosiego. Ella levantó
el cuadro para devolverlo a la estantería
y solo entonces se percató de la inscripción
de la moldura:
«Alfonso Piñero,
Primavera
de 2004,
Azores».

—¡Piñero! —murmuró ella.

Era un retrato de Piñero. Sí que había un retrato suyo en casa, pero estaba escondido.

—Encantada de conocerlo —dijo ella bajito, mientras limpiaba el polvo acumulado en el cristal.

Lo primero que observó fue cierto parecido entre Piñero y el abuelo. Aquel parecido hizo que se encendiera una GRAN IDEA en su cabeza. Fue como si se encendiera una bombilla.

¡CLIC!

Celeste, por su parte, continuaba encerrada en el almacén. ¿Estaría comiendo a escondidas? Dientecilla se acercó y le extrañó el silencio. Quiso abrir la puerta, pero estaba cerrada con llave. Entonces, miró por la cerradura y vio que el almacén estaba vacío, esto es, lleno de trastos. ¿Y Celeste? Había desaparecido. Como la lucecita y el gato Obama, se había marchado sin salir.

La madre la llamó desde el salón y ella respondió:

—YA VOY.

Cubrió el retrato de Piñero mientras decía:

—¡SOLO UN MOMENTO!

Después subió las escaleras, pensando, pensando.

GRAN IDEA

crecía
y crecía
en su
cabeza.

CAPÍTULO V
LA DETECTIVE DIENTECILLA

El padre acababa de llegar y traía novedades.
Por eso, reunió a toda la familia en el salón.
Dientecilla también tenía novedades, pero tendrían
que esperar. El padre se quitó el abrigo
y se sentó en un sofá sin dejar
de mesarse los cabellos.

—¿Has averiguado algo sobre el señor Piñero? —preguntó la madre.

—Era un tipo excelente —dijo el abuelo.

—Lo era —confirmó el padre—. No he averiguado mucho más sobre él, salvo que vivió aquí cerca de diez años y que se le veía poco, sobre todo durante el día. No tenía familia, ni se sabía qué hacía, porque casi no salía de casa. Ah, y aparentaba ser siempre el mismo hombre de cuarenta años, aunque tuviera cincuenta cuando murió.

Los que lo conocían lo llamaban

«Siempre Joven».

– HUMMM...

«Siempre Joven»

—dijo Dientecilla—. Y no envejecía, como nosotros, ni se le veía durante el día, como a nosotros, tampoco tenía espejos en casa, como nosotros.
Le gustaban los chorizos asados, como a nosotros...

Cuando nombró los chorizos asados, la lucecita tan blanca, de un blanco puro, apareció sin haber entrado, aunque nadie hubiera reparado en ella.

¿QUIERES DECIR QUE ERA COMO NOSOTROS?

—preguntó la madre, bajito, como con miedo.

—Así es —confirmó Dientecilla—. **PIÑERO** era el nombre que usaba para tener una vida normal. También ahora nosotros nos llamamos **MENESES**...

—Pero él, el señor Piñero, murió —dijo la madre, intentando entender la situación.

—Quizá los vampiros también mueren después de muchos años —respondió Dientecilla—. **NADIE VIVE ETERNAMENTE** Las cosas son así.

—Uno como nosotros —murmuró el padre, pensando.

Realmente, es lo que parecía. ¿Cómo negarlo?

—Bueno, al menos sabemos la razón por la que nos ayudó —dijo al fin la madre—. Era como nosotros. ¿Y dónde está el alma, que hoy aún no la he visto...?

La lucecita, que estaba azulada, revoloteó por encima de su cabeza. No dijo nada, pero fue como si dijera: «Estoy aquí». Tenía un color que nunca habían visto, algo entre violeta y lila que no se acababa de definir.

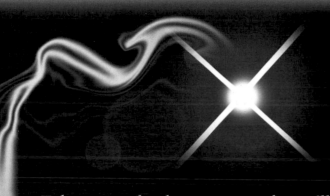

Tal vez era el color para «me han pillado»
o «nada de eso, estos tipos están locos».
No se sabía, no se sabía.

De todos, a quien más afectó la noticia
fue al abuelo.

—¿Piñero, el tipo excelente, era como nosotros?
—preguntó—. Entonces, ¿quién era él **REALMENTE**?
Había llegado el turno de Dientecilla.

SEGUIDME AL SÓTANO

—¿Qué pasa? —preguntaron.

Ella respondió:

—Ahora lo veréis.

Bajaron todos tras ella, curiosos.

Ya abajo, ella puso a un lado el retrato
de Piñero y agarró el paño que lo cubría.

—¿Es una inauguración? —preguntó el abuelo.

—Es una presentación
—respondió ella—.

Quiero presentaros
al señor Piñero.

—¡Ah!

Ella apartó el paño y todos pudieron
ver al fin el rostro de Piñero.

—¿Lo veis? También está pálido
y tiene ojeras, como nosotros
—dijo Dientecilla.

—Las personas que duermen
mal también tienen ojeras —comentó el abuelo.

—Y también están pálidos, salvo en agosto,
cuando llegan de las vacaciones en el Algarve
—añadió el padre.

Pero lo más importante para Dientecilla
no era eso. Giró el retrato hacia la luz y dijo:

—Miradlo con atención y decidme
si no se parece al abuelo.

"Afonso Pinheiro,
Primavera de 2004, Açores".

—¿A mí? —reaccionó
al instante el abuelo—. ¿Piñero,
o quien fuera, se parece a mí?

—No. Tú te pareces a él, abuelo
—dijo Dientecilla.

La madre y el padre miraron al abuelo
y el retrato **1, 2, 3 veces.**

—¿Se parecen o no? —insistió Dientecilla.

—Sí —dijo la madre, aún no demasiado
convencida.

—Es difícil decirlo... —dudó el padre—, pero me parece que sí.

El abuelo se rebeló.

—¿Qué parecido? Bueno, los dos tenemos agujeros en la nariz y dos orejas. Aparte de eso...

—¿Adónde quieres llegar, Dientecilla? —preguntó el padre.

Ella respondió:

—Esta es mi teoría:

PIÑERO
ERA EL BISABUELO.
MI BISABUELO.
EL PADRE
DEL ABUELO.

Ahí estaba: la

GRAN IDEA

había salido afuera.

Ya no era un secreto.

—¿Mi difunto padre? —dijo asustado el abuelo—. ¿Quieres decir que este era mi padre y que, en 2004, cuando se hizo esta fotografía, era más joven que yo?

Dientecilla no se amilanó y dijo:

—¿Piñero no era como nosotros? Por tanto, podía tener muchos años de vida, ser anterior a nosotros. Otra pregunta: ¿el cazador de vampiros no dijo en la conferencia que su padre había perseguido a un vampiro Perestrelo, a un antepasado nuestro?

Era una buena teoría, que también explicaba la razón por la que les habían ayudado y habían donado la casa al abuelo. No era nada excepcional, al fin y al cabo, entre padre e hijo.

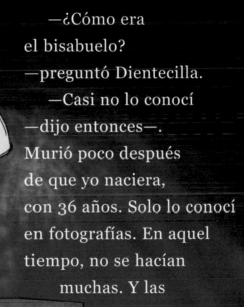

—¿Cómo era el bisabuelo? —preguntó Dientecilla.

—Casi no lo conocí —dijo entonces—. Murió poco después de que yo naciera, con 36 años. Solo lo conocí en fotografías. En aquel tiempo, no se hacían muchas. Y las que había desaparecieron.

Era una pena, porque ellos necesitaban ver al menos una para estar seguros de que era el bisabuelo.

EN EL PERIÓDICO DEL DÍA DEL FUNERAL DEBE HABER UNA FOTOGRAFÍA DE ÉL. Y EN EL PANTEÓN DONDE LO ENTERRARON TAMBIÉN. ¿DÓNDE ESTÁ ENTERRADO?

EN EL CEMENTERIO DE AGRAMONTE. Y ALLÍ HAY UNA FOTOGRAFÍA, SÍ SEÑOR.

ENTONCES, VAMOS A ACLARARLO TODO DE UNA VEZ.

—Vamos al cementerio ahora —se animó
la detective Dientecilla—. Llegamos
en un momento, son dos estaciones de metro.

Valentín, junto a la playa de Foz, estaba solo
y desolado, intentando comprender la situación.

¿Qué había pasado?
Aún oía la voz
de Diana
sonando como
miles de campanillas.

La dibujó en su cuaderno
para que aquella imagen
no se borrara nunca, pero
no le salió bien el dibujo.

Se levantó y dejó el lugar,
pero la empleada del bar
lo llamó:

—¡Eh, el bolso!
—dijo señalando la mesa.

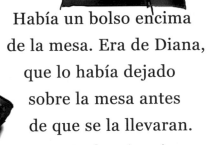

Había un bolso encima
de la mesa. Era de Diana,
que lo había dejado
sobre la mesa antes
de que se la llevaran.

—Es de mi amiga
—dijo Valentín, súbitamente
animado—. Cuando lo eche en
falta vendrá a buscarlo...

—¿No sabes quién es?
—se sorprendió la empleada—.
¿No tienes contacto con ella?

—Sí que lo tengo. Me lo llevo —dijo Valentín, cogiendo el pequeño bolso.

Allí podía estar la pista que lo llevara a Diana. Se alejó un poco y lo abrió, bajo la luz de un farol. Lo primero que vio fue un recorte de periódico bastante manoseado.

Era la esquela del **funeral** de Diana, fallecida el 25 de junio de 2005. La fotografía era suya, no cabía duda.

Diana Rodrigues de Melo
fallecida el 25 de Junio de 2005

ral realiza

Pero entonces... Si Diana había muerto y seguía por allí, ¿era como él, un vampiro nada corriente? ¿Era posible? La idea le hizo temblar. Y también sonreír. Al fin y al cabo, ambos guardaban el mismo secreto. La **SANGRE LE HERVÍA** mientras leía el resto del anuncio:

Diana Rodrigues de Melo
fallecida el 25 de Junio de 2005

No quiso leer nada más, ni ver qué otras cosas había en la cartera. Le bastaba con aquello. No estaba lejos del cementerio, que estaba en la zona de Buenavista, y fue caminando hacia allá. No tenía tiempo que perder: quería confirmar aquello, entender qué pasaba.

CAPÍTULO VI

¡SARAPITECO!

A esa hora, Milhombres estaba
cómodamente instalado en el sofá,
junto al retrato de su padre.
Sonó el teléfono y fue a contestar.
Era Madroño, pero no lo oía.

—Voy a bajar
el televisor —dijo—.
Están poniendo un
partido de fútbol y a
mi padre le encantan.
Se es de un club hasta
la muerte e incluso después
de muerto. Por eso le dejo ver los partidos del
BENFICA en la televisión.
Cuando vivía, no le iba bien para el corazón.

Milhombres bajó el volumen del televisor
y volvió a coger el teléfono:

—A ver, cuénteme...

—Venga deprisa,
profesor, han salido
todos —gritó
Madroño—.
Solo quedaba
la criada, que acaba
de irse también.
Y el gato está en la sala.

¡SARAPITECO!

—Voy volando
—exclamó Milhombres.
Colgó el teléfono,
se enfundó el abrigo
y salió corriendo.

Poco después, husmeaba
por la ventana que daba
al salón de la casa
de los Perestrelo.

¡PUEDE AVANZAR!

Milhombres empujó
a Madroño, que entró
por la ventana en el
salón de la casa.

Obama, el gato, se levantó
desconfiado y arqueó el lomo.

—ABRA LA PUERTA, SO INÚTIL
—gritó Milhombres desde fuera—.
¿A QUÉ ESTÁ ESPERANDO?

Madroño fue a abrir la puerta
y Milhombres entró con el resto del equipo,
incluido un trozo de chorizo.

—Usted huele a ajo que echa para atrás
—observó—. ¡Deje de masticar ajo!

—¿No es un gato-vampiro? —dijo Madroño.

—Pues sí, pero no queremos que huya, sino
que se acerque a nosotros. De ahí el chorizo...

Madroño se tragó el diente de ajo
sin masticar. ¡GLUP!

—No había pensado en ezo —se disculpó.

—No se dice **«EZO»**, hombre, es **«ESO»**, con ese.

—¿Cómo sabe que he dicho «ezo» con zeta? —se sorprendió Madroño.

—Me lo he olido —respondió Milhombres avanzando con el trozo de chorizo en la mano.

—Shhhhh, mira el choricito.

El gato se extrañó del acercamiento y tuvo un momento de vacilación y duda, que fue suficiente para que el cazador le echara la red.

—Ah, ah, el cebo ha caído —dijo Milhombres mientras cerraba la red satisfecho.

—¿El cebo no era el chorizo? —preguntó Madroño.

—El chorizo era el cebo para el gato, el gato es el cebo para el vampiro, hombre —respondió Milhombres irritado.

La cabeza de Madroño echaba humo.

¡QUÉ LÍO! ¿Y EL VAMPIRO PARA QUÉ ES UN CEBO?

Llegó la lucecita, como siempre sin haber entrado. Estaba roja y, sin duda, era de rabia. Fue directa a la espalda de Milhombres, en vuelo rasante, y ohh, amigos míos...

¡AAAAH!

¡FSSSS!

Milhombres dio un salto fenomenal. En su desconcierto, soltó la red. Obama aprovechó la oportunidad y escapó. Milhombres aún le intentó echar mano, pero el gato le clavó las uñas en la nariz y acabó por soltarlo. No lo volvieron a ver.

—¿Qué ha sido eso, profesor? —preguntó Madroño, mirando a su alrededor, aún asustado.

Ya no había señales de la lucecita, que ahora tenía color de nada.

—Ha sido una DESCARGA ELÉCTRICA, no sé de dónde ha venido... —dijo Milhombres, mirando a todos lados buscando una explicación.

Pero no había explicación.

—Mire, me ha chamuscado los pantalones —dijo—. Y el trasero también. Salgamos de aquí...

Madroño tenía ganas de echarse a reír, pero tenía miedo de que le pasara lo mismo.

—Ummm... Cosas eléctricas —murmuró desconfiado.

—Es eso, hay electricidad en el aire —concordó Milhombres—. O hay algo por aquí que no podemos ver. Hay mucho de eso: cosas que no se ven; cosas que no pensamos que existen, pero existen. Hay más cosas de las que nuestros ojos nos permiten ver.

—¿Fantasmas? ¿Almas? ¿Espíritus? —murmuró Madroño, asustado.

—Sí, sí, y cosas peores —dijo Milhombres—. ¿Soy yo o aquí también huele a chorizo asado?

—Yo huelo más bien a quemado —dijo Madroño.

—Soy yo. ¿No lo ve? Tengo el trasero chamuscado.

—Siéntese, profesor, descanse un momento
—dijo Madroño.

Milhombres se sentó en un sofá frente a la
chimenea y dio otro salto y otro grito horrible.

¡AAAAAUUH!

Madroño
se acercó:
—¿Otra descarga,
profesor?
El profesor
dijo:

¡Sarapiteco!

¿CÓMO DICE?

 **¡SARAPITECO!**

Milhombres no consiguió repetir aquella palabra extraña, pero sabía otras.

CAPILON

LIROLIRO

Catrefeo

Le salían palabras extrañas de la boca, tal vez por la descarga eléctrica. Se había quedado, ¿cómo diríamos?, apocado.

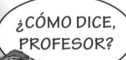 **¿CÓMO DICE, PROFESOR?**

¡Sarapiteco!

Ya era la segunda vez que decía aquella palabra extraña: «SARAPITECO».

88

Pero sabía muchas más, que dijo a continuación:

Pues sí, no sabía lo que decía.

Madroño estaba preocupado por él:

—Profesor, no se siente bien, ¿no? Salgamos de aquí. Operación abortada. ¡Abortar! —ordenó Madroño, al que le encantaba estar por una vez al mando. Fue por poco tiempo, sin embargo.

¡SARAPITECO! ¿NO VE QUE ESTOY SARAPITECO?

¡SARAPITECO!

Fueron hacia la puerta.
Madroño empujaba
a Milhombres, que aún
estaba delirando.
Pero el aire frío
de la calle y la llovizna
despertaron, de nuevo,
al viejo cazador.

—¿El gato? ¿Quién ha ordenado
abortar? —preguntó volviendo en sí.

—He sido yo, profesor —respondió Madroño—.
Ha dicho usted «Sarapiteco»
y pensé que era un código.

¡SARAPITECO!
¿HE DICHO
«SARAPITECO»?

Y OTRAS
MUCHAS COSAS.
NO DABA PIE CON
BOLA. ¡HA SIDO LA
DESCARGA!

—Imposible —respondió Milhombres—. No es la primera descarga y nunca he dicho «**¡Sarapiteco!**». Pero es verdad que estas dos han sido fuertes. La casa está encantada. No es normal.

Siguieron caminando. Milhombres, sin embargo, lo hacía con dificultad y a paso lento. Le ardía el trasero chamuscado.

ES LARGO Y DIFÍCIL EL CAMINO DE LA GLORIA

—**¡AH!** —exclamó Madroño intentando taparle la boca, pero ya era tarde.

La palabra aciaga, que Milhombres no podía pronunciar, salió por su boca aunque fuera sin querer.

«Pero esta vez no ha pasado nada», pensó Milhombres (y yo, y yo). No se abrió el suelo bajo sus pies, como era de esperar. No apareció Gloria pensando que la había llamado. A veces era así: no pasaba nada. En cambio, había un olor extraño en el aire.

—¿No huele usted a quemado? —preguntó Milhombres, que solo entonces vio que su abrigo estaba

ardiendo.

Algo tenía que pasar, al fin y al cabo.

—¡Madroño, sálveme!

FUEGO

—¿Cómo?
—preguntó el
ayudante.

¡BOMBEROS!
¡AGUA!

—gritó Madroño,
que, aturdido,
miraba a su
alrededor.

—¡AGUA! ¡AGUA!

Había unas casas en obras y unos bidones
amontonados en el suelo. Uno de ellos
estaba lleno de agua o cualquiera sabe
de qué. Madroño vació el bidón sobre
Milhombres y apagó el fuego
que le consumía el abrigo.

Pero resultó que lo que había en el bidón
no era agua, sino pintura.

—¿Cómo está, profesor?

—preguntó Madroño con miedo.

—¡Verde! —gritó Milhombres—. ¿No lo ve?

Estoy **VERDE**. ¡Quítese de mi vista!

CAPÍTULO VII
GRANDES DESCUBRIMIENTOS

El padre, la madre, el abuelo y Dientecilla fueron en metro hasta el cementerio de Agramonte, en Buenavista. A aquella hora el cementerio estaba cerrado, pero ellos no podían esperar. Y Dientecilla la que menos... Pronto descubrió una abertura en el muro, que usaban las personas que alimentaban en secreto a los gatos del cementerio. Por ahí entraron.

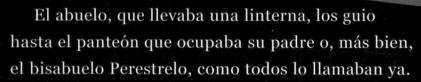

El abuelo, que llevaba una linterna, los guio hasta el panteón que ocupaba su padre o, más bien, el bisabuelo Perestrelo, como todos lo llamaban ya.

Dientecilla, que estaba ansiosa por probar que el bisabuelo era el señor Piñero y que el señor Piñero era el bisabuelo, que para el caso era lo mismo, le arrancó la linterna de las manos al abuelo y la apuntó hacia el pequeño retrato del bisabuelo, descolorido por el paso del tiempo. Quitó el polvo que lo cubría y luego dijo:

¡ES ÉL! ¡VENID AQUÍ!

El bisabuelo tenía un bigote grueso, que no tenía
el señor Piñero. Para Dientecilla esa era la única
diferencia. Por lo demás, eran idénticos.

Los demás se acercaron.

—¿Qué? —preguntó ella—. ¿No son la misma
persona él y el señor Piñero?

El abuelo se encogió de hombros, la madre torció
la nariz, el padre se rascó la cabeza.

Se parecían, sí, pero no podían decir
si eran o no la misma persona.

—Creo que no estamos solos —dijo la madre mirando a su alrededor.

Vieron la luz de una linterna, pero lejos. Era verdad lo que decía la madre: no estaban solos.

—Debe de ser el guarda —dijo el padre—. Vámonos.

Se escondieron detrás de un panteón y, después, salieron de allí. Sin embargo, quien llevaba la linterna y se acercaba no era el guarda del cementerio, sino Valentín, que buscaba el panteón de la familia de Diana.

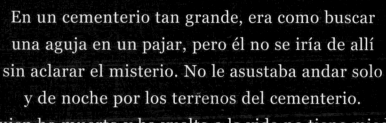
En un cementerio tan grande, era como buscar
una aguja en un pajar, pero él no se iría de allí
sin aclarar el misterio. No le asustaba andar solo
y de noche por los terrenos del cementerio.
Quien ha muerto y ha vuelto a la vida no tiene miedo
a la muerte, y si no se tiene miedo a la muerte, no se
tiene miedo a nada. No tenía miedo tampoco de las
almas, los espíritus o los fantasmas, o no tendría un
alma en casa, que además era la mar de simpática.

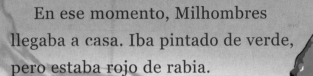

En ese momento, Milhombres
llegaba a casa. Iba pintado de verde,
pero estaba rojo de rabia.
CHAMUSCADO. Pero
las desgracias de esa noche
aún no se habían acabado.
Como siempre, no había nadie
en casa, pero él fue
a ver el retrato del padre:

—Aquella casa está encantada —dijo.

—¿Lo sabías? O al menos electrificada.
Es verdad, te lo digo yo. Mira esto... un abrigo
nuevo y se ha quemado.

Fue entonces cuando Milhombres se percató
de que el padre no estaba allí, en el retrato.
O sea, el retrato seguía allí, con el marco y hasta
la silla en la que se sentaba el padre en la fotografía.
Pero la imagen del padre **NO ESTABA ALLÍ**
Había huido: ¿cómo podía huir un hombre
de un retrato?

—Solo me gustaría saber cómo es posible
algo así —dijo Milhombres, mirando a su
alrededor, buscando no se sabe bien qué.

Entonces, vio que el diario padre estaba abierto
y que había un nuevo mensaje en sus hojas.

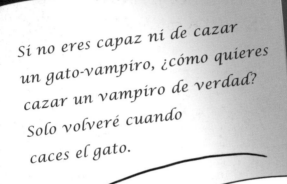

Si no eres capaz ni de cazar un gato-vampiro, ¿cómo quieres cazar un vampiro de verdad? Solo volveré cuando caces el gato.

SOY CAZADOR
DE VAMPIROS, NO DE GATOS,
AUNQUE TAMBIÉN SEAN
VAMPIROS.

Milhombres
tuvo un acceso
de furia,
pero pronto
se aplacó.

Entonces, miró el retrato donde solía
estar su padre y le dio un ataque de tristeza:

¿Y AHORA QUÉ?
¿QUIÉN ME HARÁ COMPAÑÍA?
¿CON QUIÉN VOY A HABLAR?

Y antes de que nadie pudiera
responder, se echó a llorar.

Entre tanto, el abuelo,
el padre, la madre
y Dientecilla llegaron
a casa. Dientecilla pegó
un bigote negro
de papel en el retrato
del señor Piñero.
Después
preguntó:

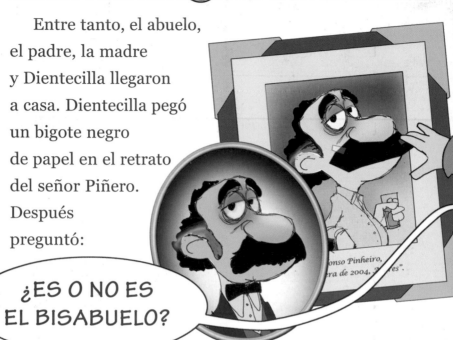

¿ES O NO ES
EL BISABUELO?

Los demás no respondieron. Les costaba admitir
que sí y no podían decir que no. Se miraron los unos
a los otros en silencio, como si se hubieran puesto
de acuerdo. Piñero era el **BISABUELO PERESTRELO**,
lo cual lo explicaba todo. Y estaba bien así, siempre
era mejor tener en casa un alma de la familia.
Solo que la lucecita tan blanca, de un blanco puro,
no aparecía por ninguna parte.

¿Y entonces? Quizá tenían que hacer algo. Pusieron el retrato del bisabuelo en el centro del salón, frente a su sillón, en el que nadie se sentaba.

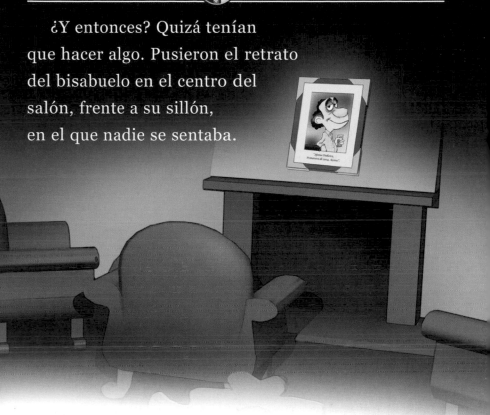

—¿Y Valentín? —preguntó la madre, que estaba preocupada, porque él tampoco aparecía—. Puede que se haya perdido —añadió.

—Tranquila, está *enamorado* —dijo el abuelo—. Ya está perdido.

—Eso es lo malo, precisamente. El amor le hace daño, le hace sufrir.

En el cementerio, Valentín encontró finalmente
el panteón de la familia Melo, donde estaba la tumba
de Diana. Allí estaba la lápida con su nombre.

Nostalgia eterna de
Diana Rodrigues de Melo

Nacida el 14 de marzo de 1991
y fallecida el 25 de junio de 2005.

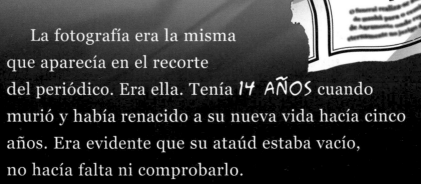

La fotografía era la misma
que aparecía en el recorte
del periódico. Era ella. Tenía **14 AÑOS** cuando
murió y había renacido a su nueva vida hacía cinco
años. Era evidente que su ataúd estaba vacío,
no hacía falta ni comprobarlo.

Valentín caminó hacia la salida, mirando
al cielo, con la esperanza de ver la misma
estrella que ella había visto.

Estaba triste porque Diana hubiera muerto y animado porque fuera como él. Así no saldría por piernas. El problema es que se la habían llevado y puede que no la viera nunca más. Sí, puede que...

Solo de pensarlo tenía ganas de morirse. *El amor*, el *amor*, para eso servía el *amor*. Ya en la calle, buscó la luz de un farol para ver el resto de cosas que Diana llevaba en el bolso.

Dentro encontró monedas y billetes, una CREMA DE DÍA de una marca que no conocía, una tarjeta de crédito del banco GALACY, que tampoco conocía, y una entrada, en forma de tarjeta electrónica, para un concierto de MICHAEL JACKSON, en el Centro Pipistrello, el día 11 de enero.

Tampoco conocía el sitio. ¿Y cómo podía haber un concierto de Michael Jackson en unos días si había MUERTO? En el fondo del bolso también había una piedrecita. Era un canto rodado, que quizá había cogido en la playa. Valentín se lo pasó entre los dedos, lo apretó con fuerza y después se lo guardó en el bolsillo como *recuerdo*.

Sería su amuleto, su piedrecita de la suerte, su otro corazón. Puede que la piedrecita fuera de la playa, pero el resto de cosas que había en el bolso de Diana no eran de este mundo. ¿De dónde serían entonces?

Valentín caminó en dirección a la estación de metro, mirando a su alrededor, sin saber qué buscaba, quizá una llave perdida para otro mundo y otra vida.

En sus oídos sonaba la canción de aquella caja de música misteriosa que habían recibido de no se sabe quién:

Mundo de Allá, Mundo de Allá.
Hay otro mundo, desde luego que sí.
Os lo digo yo, que lo vi.
Lo llaman Mundo de Allá,
Pero está aquí.

Es un mundo de gente como nosotros,
Cuya vida nunca acaba,
Gente que se cree muerta y enterrada
y que todavía vive.

Índice

I. Los ladrones no hacen ruido 6

II. Cómo se hace un chorizo-cebo 19

III. Entre el mar y el cielo 32

IV. Operación Chorizo sin ajo 45

V. La detective Dientecilla 60

VI. ¡SARAPITECO! 78

VII. Grandes descubrimientos 95